母の京手描友禅

春めく意向

遠近は素顔

自己の部屋は詩人と作曲家

いかにして心痛

人音は絵心

ハート・ベア

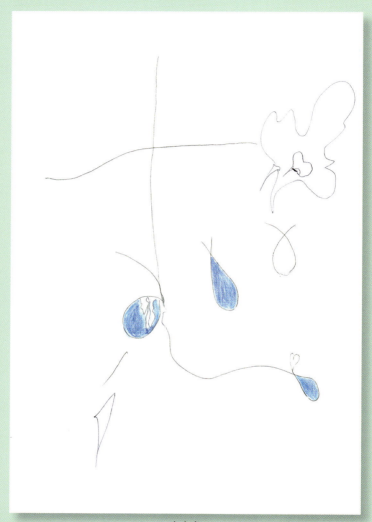

十字音

投影の魂ハートを貫く

目の内海

真相の面

深層の外壁

夢響の想

至純の心で

悩め天使は声に泣く

表紙の人音は頭を描く熱情

熱情
パーカッション

SeReine Junco Kobayashi

文芸社

1　明白な露呈

暗い秀逸と明白な露呈
カナリアよ声にて
業績をこしらえ樹立す
沈黙の目線こよなく
詩情を付与し
一対をいとおしむ
心ひもとき
熱情への
あなた　調律そなた

2017　8／27　D

2　日々を返す

何かしらの疑心暗鬼にさいなまれていた
主体は自己に帰還した私
表記された顔を持ち
心の奥底から人の醜態を
思い知らされ
純粋培養は脆弱な香りを放つ
そのとき放出されるはにかみ
心のエネルギーこそ
わが詩作の原動力である
夢で見た墓石フラッシュたいて
生の力学を示したのは
まぎれもなく予知だった
傍観者と静視の
暗黙の影への了承だった
造作の印象への崩壊は
こうして時の内向性へと進む
しいたげられた人がなしとげた
日々を刻む
わが青春の弔い日記に

2017　8／27　D

3　コーヒーカップ

顔は１つの唯一から沸きいでて
元素の顔へと戻ってくる
それは一杯のコーヒーを呈し
一杯の魂を充満させてくれよう
クレドとこしえをくぐる通路
幼少期「奇跡の丘」は
私の目に唱えた
今となって人間不毛が
わが感応の音叉となって
心なき烈火のやるせなさを問う
時は十字架
瞳孔は台風の心へと

2017　9／16　S

4　声の絵本

直進し過ぎると
宇宙の行き止まりは見えなくなった
心の行き詰まりもわからない
池の魚に吸収されて
波紋すら失跡してしまった
上澄みは明言せず
結果はオーロラの光を含み笑いする
追想ブランコはドミノ倒しを
ないがしろにする
反射は光源があって
はじめて存在を示す
真価は「涙の日」
天空の階段を昇る
フリッツ・ブンダーリヒへ
（1930〜1966）

2017　9／17　D

5　沈める目

沈黙の目線
日光をくぐる
大阪の通り抜けの桜のように
目配せをくぐる
歪曲した心の迷路と
出発点をくぐる
あなたへの
メトロノームをくらす
くらしのすくいをイデー
くつがえさないで―
斜線のくさび形は
コインの目頭へ

2017　9／17　D

6　熱心な語らい

混在したら、うとうとしている
不安の種はつどうままに
ちぐはぐな世はかなみ人よ
惜日の亀裂さながら
ついに頂点となって
反復の渦、呈するがままに
隈なく探しても
良い兆候はとうてい
見つかりっこない
積年の思いつらなって
信頼人はいずこか？
そは歴史のページの
１シーンの内実

2017　9／19　M

7　コルベールの肖像画

ビフォードーン
習慣はマンネリの迷妄から生じる
迷信は真価の塩分を
籠の中身に
添加せしめる
英雄は堕天使の
トリートメントを
受諾され
今や、「偽の女庭師」は
仮面に憩う

2017　9／20　Ｍe

8 素数

一滴の最悪性
最高の激写を
森の中に住人は
文盲から脱却した
数値は腕にお椀
入れたての
チーズフォンデュ
シンメントリーは
香水への甘き露
フォルムから感じる

2017　9／20　Ｍe

9　プラネタリウムで聞く楽曲

今迄を今浮く
浮世のジャッジ
鏡の瞳は日々の過去形
車窓からより
瞳の星々がよく
見てとれる
結露だて結びつく
白紙の年月へ
採取してとれる
うっとりとした願望形
いずこにか去らん
沈みゆくまなざし
黄昏の情景を意に介在しつつ
開示するは心のソナチネ Sonatine へと
叡智を結集した結論
柔軟性のある
心の収れんを踊る

2017　9／23　S

10　詩から哲学へのＷ福往復

すべて、ここから始まった
勿体ないしなぜその時思い出さない？
思いつかない？　思い知ってから
しらしめられる
しがらみへの形と身よ
形象の滝は音象となって
血しぶきの時は逆行する
血迷った単純思考の終末に感じいる
迷妄は継承されつつ
過去体となってはいつくばる

2017　9／25　L

11　物音うとし

真夜中から日ぐらし
騒音のはさみ撃ち
しじまの間なし
憑依する
壁一枚
薄情な近くて遠い
防害波
うっとうしい距離

2017　9／28　J

12　お化け屋敷より恐怖

心の行き先とは
配置の黄金比率とは
人間の編み出した
心の闇屋敷よ
門に立ちはだかる
権威の偏見よ
呼び鈴は弔鐘の内なる心声
トワイライトタイムにとわのね
悪魔という名称に

2017　9／28　Ｖ

13　無邪気な数字パラノイア

よかれと思ってしたことは
カレンダー化し、埋没する
まんまと没入した
世相の四面楚歌
たし算は二人称
引き算の切り口はから口
多面体の形相は２つ
導かれし先端とは
いつかいずれかに去らん
普遍のクール・ビューティ

2017　9／29　Ｖ

14　瞳は音符

閉じろ！　手の目よベンサムの倫理
過去の開眼をはらむ
寄る辺なさと瞳孔（動向）を探れ
窓辺で忍ぶ
寄り拠を偲ぶ
「しばしの間、音楽で」
ヘンリー・パーセルのアリアが充溢した
部屋の濃度よ

2017　9／29

15　心を抽出しては

甘味は酸味で甘き言動
時を折る不一致のごとく
かきつばた良しと悪しきと
紫の色香を咲く
日々を祈る心向きは、良し悪し
年輪の抱擁力を
冷却されし渦潮を

2017　9／29　V

理性という鏡を
警告の鍵とし
写真の裏腹に気配を届けず
詩の根元に哲学のポリフォニー刺し
露天の計り目、湯気に顔の表が
私と戦う日々の言説
時をたがえる卑怯者になりたくない

2019　8／7　Ｍe

16　モデルタイプなき心

感情のみが悪い行為に直結しない
芸術の発端であって
人生のみを締めくくる感情よ！
本の最終ページ
栞を置いた手指と
花言葉を連結させる
涙腺の結晶を
感情よ、死は観照している

2017　9／29　V

17　日々への想い出

心酔するワイン畑
庭師のハサミは
カニより青ざめる
自転車で通路は
ブドウの不在
洋服は展覧会
絵にはためく
シンボルの有無
アウフヘーベンより
つまようじに
刺さった果実を

2017　9／30　S

18　ウサギくんへ

何かを歓待する想い
うながすは
とても
こころもとない
起点と結論で
擦り切れた
心情と心根よ
寄るべなさよ
ウサギの瞳に
心意気を見つける

2017　10／2　L

19　栄えない内視心

鳥心とアザラシ心はわかる
犬猿の仲も
ある程度は
氷解するな可能体！
信心は盲点で眩惑にわななく
寄宿生は自己沸点！
心の帳は降りない
「ディドーとエネアス」のように
ナイチンゲールは歌心
澄んでない荒れに形容に
情報が入り乱れ
昧爽は埋葬せざるをえない
セザールやセザンヌ

2017　10／2　L

20　青ざめた争い

ここ知らず周知は己が心を
花時計が昔を刻んでいた
場所は同時進行で
夢の薔薇を編む
時制は噴火して風化していく
心が誰が名が前
情念は実は冷静なんですよ
扉は叩くが勝利なれど
開く術_{スベ}なし
心もとなし心の灯火よ

2017　10／2　L

21　悲しみの去来

悲しみはどちらかと言えば
過去の度合いを帯びる
ほろ苦さは思い出し笑いを
自虐のほろ苦さ
含有量の馬車の疾駆を感じる
苦汁を転写して心に反転させよ
眠っていた恐山の
あの突出した印象とともに

2017　10／3　M

22　水差しは沈下した物

棘は異質物が闖入してくる
ゆえに嫌いである
器物は心内より頑迷
かたくなに閉ざす
刺さずは針山の
嘆き聞こえぬふりの
対象と無象となって

2017　10／4　Ｍｅ

23　友は机上

ガット弦は羊さん
ニカワ鹿ちゃん
桜鍋は馬さん寒立馬
ボタン鍋は亥
レースではやくボタンをはめる
編む心はまり易くはめはずす
ウサギやヤギさん
イルカとクジラと
アザラシとペンギン
古楽器と油絵は観る鑑賞のみ
ちなみに私はラクトオボ
ベジタリアンときおり甲斐なし寿司
フレンチ・ウッフ・マヨで貝とじる

2017　10／4　Ｍe

24　ひととき

重力波より虹波に
夢を送電したい
送り人へ
電磁に頭悩まし
光波に目眩き痛恨のきわみ
そのようなときは
メロディと甘き香水で
しのごうではないか
スカルラッティと同時性の
バッハとヘンデルの音で

2017　10／4　Ｍe

25　曲解だが

系統を違えた
誤謬の居直り
遅れ抜く弓矢の
海鳥を戸惑わす
雑音にまみれた
星屑の内海にて
ヴァージナル音として
口から栄養
素因ことなきをえる

2017　10／4　Ｍe

レーヨン・ド・ルミエール・ヴェール
rayon de lumière verte
鳩の形をした♡
人となりに　たじろぐ
心憎し、夕陽に♡
虹のしたたり♡
原始の羽音のはた○
まわりくどく
心晴らし　月日に○
星のわだかまり○　goût　リタニエ
♡
絵の内を一周した○
具現の眼は具象を溶ぐ
とぎすました緑色に○
海と重なり○
「緑の光線」

2019　7／25　U

26　親指姫

母はいつも外界を気遣う
職人の梯子を支え
倒れゆくリスクを顧慮しない
母の指が私の右目を貫通し
職人の鉄板や窓辺の火花
私の心痛と母の善行？
誰も知らぬが同然
千鳥足、食中毒も泣き寝入り

2017　10／4　Ｍe

27　なぞる想い

感覚と感情
そして理性の件
重奏音となって
交錯したり
したたりて会得する
思いのほか
思わず思惑ならしめる
本能が占有してしまう

2017　10／5　J

28　夜想曲

フォーレのピアノ
自動音で激昂型
メロディは彼岸から
現在まで至る
デリケートも包装する
魂心からの音のつぶやきと音絵巻
人生のたぎりと
ちぎりを表明して

2017　10／5　J

29　心くらべ

沸点駆ける
心の嘆きよう
思い出の様相
信念が長閑な
絵の面妖！
またの名を
心こらして
確かめましょう

2017　10／5　　J

30　カチューシャ

イニシアティヴ
イニシエーション
いつも擦過する
時の香料へ
流麗なジャンプ
耳下腺になじむ
「昔なじみ」ファン・カルロス・カサス
タンゴを探す
苦しみの絶句を

2017　10／5　J

31　ワインの粒

上下対称は物議を醸し出す
無我の境地は
自分の至の彫像をほる
寄る辺なき自分詩（誌）を
水先案内を鏡として
甦生の実在を置いてのウインク
ラテンにウイング拡げ
ＣＤのピット数によもや
人や太陽との同心円に
非限定な疎外を感じいる

2017　10／7　S

32　年表のシステム

今頃は手や胸痛に
時節柄だけあって湿地テンプル
夜明前に露に託す
君恋すれどミストとミステリア
地図に埋没した
年月の結び目
渦巻に消え散る
ペシミスト考

2017　10／7　S

33　ギャップここにも

すっとんきょうにすったかたん
堪忍のフロシキ
丹念にしつらえた
虚心坦懐
絵画に微笑の
手指やふせた目
動き出した追憶
不確実な真と
確実の悲惨より

2017　10／7　S

34　不安しかない

まどろっこしい日々に
ふと想いを馳せる
一点への孤空
宝玉より秀逸な
瞳色の声まばたく
街角への心が点在する
秋風
よそよそしき花

2017　10／8　D

35　残存　Requiem

切り離して考えないで
関連づけては
系統的に
また機械のつくりに
注ぐは生命与えられし
選びの直感
印象は最終回まで

2017　10／8　D

存在はコースを間違うと迷走する
墓碑に言い訳を書くぐらいなら
腹に砂時計を描け
カーブではなく　魂の直進に
回折のレクイエムのほとばしる
音の気ぐるみの頃合いに色素は
着ぐるみの色合い
鯛の射抜かれた　ハート型は
野山を駆け巡った
花冠の焦土つまる
日記の草は眠りにつけない

2019　8／7　Ｍe

36　曲の楽想

ヘンデルの「メサイア」
モーツァルト編曲版
言葉は宇宙観に
届けられ
もう一度、自己の観想へ
永遠として帰還する
寄り道あまたでも
音響の様相と
表現効果の
徘徊なき個性ゆえに
余命の余韻ゆえに

2017　10／8　D

37　グリーンレイ

神益この目留めを
共演している歯留めを
無色の現象帯
声色を選抜し
信を伴わない信ずるがゆえに
鶴首翹望（ぎょうぼう）で亀しかり
地質の激上するさまがわりをして
風土はアーチポーズで
柔軟な緑光よ

2017　10／9　L

38　力車

ダンテの「地獄篇」
プラトンの「リンボ（辺獄）」
ミケランジェロの絵
「アンティゴーネ」の結末と
表現中に秘めし
日常の軋轢に
充当しまくるアリアーガの「カンタータ」
「オイディプス王の息子」と
キルケゴールの「あれかこれか」
歴史の表裏を紡ぎ続けることよ

2017　10／9　L

39　試練

アガペーの素顔
「二都物語」ディケンズ
「ミニョン」トマのオペラグラス
オペラ元涙はゲーテの
修業時代、泉あふれる
ワイマールのシラーとともに
「ドン・カルロ」での友に聞く
今では献身に対処し杭（くい）したため
アカンベーが
３階の扉を叩く私に
閉ざす

2017　10／9　L

40　線上のサッカー11人

エピステーメーをそしゃく
されど熟読玩味
すれば忘恩名人は１人
あぶり絵に
浮上した
水占いのように
偽善と善行は日常茶飯事
瑣末なくぎりを
悶着から見つける

2017　10／10　M

41　碧空

風となる、空気のさが
波濤の無色透明
すべてのコート・ダジュール
合流してタンゴとなる
四重奏に煮つまり
人の世界観が
浮きぼりにされ

2017　10／10　M

42　立場

拍子抜けしたときのごとし
手先から滑走するコップ
把持されぬ、ほころびは
つまびらかにされぬ
残酷な末期の光
猫の泥酔
状況は悲し　うらがなし
持久力のほこ先よ
午後の場しのぎ

2017　10／10　M

43　窓辺の味わい

下田や伊豆に味が踊る
意気消沈を
晴らすは音符との
トリオソナタ
窓の個人にも
照射の富士山
私の虹は白色そよぐ

2017　10／12　J

44　愁嘆場キケロ見る

アレクサンダー大王と
「スキピオの夢」と
モーツァルトの決心が
シンコペーション的
交錯し楽聖の耳ベートーベン
よくなる為に
見え隠れする
親善と穏やかな
地上にこの足
しっかりとつけて
人の世はことぶき

2017　10／12　J

45　アンドロマックに

切手の中に集約され
心音はいつも
高なるアゲヒバリ
眠れる森の
不眠病の木から
ナイチンゲールよ
「病は気から」と
モリエールは
木から落ちない
コルネイユとめでる月夜
ラシーヌとあおぐ式典

2017　10／12　J

46　夜の寄るべなさ

人心の乖離は　羽音と
流行より　はやく
光陰矢のごとし
1863年生まれピエルネのコンチェルト
よくピアノ城
1851年生まれダンディも弦で
立ち寄る宛先に

2017　10／12　J

47　フランス色づく

シーザーの「ガリア戦記」
ベルリーニの「ノルマ」
のフランスにて
マリア・カラスのディーヴァ
パリ・オペラ座にて
モノトーンの底力
クレタ島の犬も
飛び起床しきりに
バカラ・ガラスに音は
クリスタル巨峰を食して
アウグストス胸像が
アヴィニヨン野外劇場に響く
ポン・デュ・ガール水道橋を想う

2017　10／12　J

48　思弁

人類崩壊は自分で
考えなくなったから
試行錯誤は試練となれ
自己責任を守るのは
自身の自我
ときのいなおり
ジグソーパズル
人をだまして自分をごまかす
自分への不正はストップ

2017　10／12　J

49 粒の在る人

夜の雨、一日を飛翔
全身が痛む
音楽が奏でし血流となって
わが体内に流入す
夢想の果実は
犠牲を伴う
雑念の灯
祈りの眠りとなる
決心は心よりの川

2017　10／17　M

50　わからない

ある日の溜息
思い余ってもの悲し、つゆ草
いっきに吐き出す
吐露の夕べ
流れのままに
揺れ心を乗車させ
こしらえた混濁
愛念をたくわえ
許諾へ託す

2017　10／17　M

51　驚嘆と伴に

キレやすさに要注意
キレて良いのは
頭の最たる
キレ味のイデア
解体しない
思案しない
最高の愚昧
尽きぬ確信よ

2017　10／17　M

52　トワイライト

ウェルギリウスの「ディドンの死」
モンテクレールが
曲想を紡ぐ
女心と涙空
よもやの時代を
彷彿とさせる
どちらが先端か？
私心とは
指針とは

2017　10／17　M

53　人が在る

「ガラスの部屋」心
「死ぬほど愛して」口
「ブーベの恋人」行
「黒いオルフェ」命
「個人教授」真
「太陽がいっぱい」善
「禁じられた遊び」美
徳心はクラシックへと述懐する
内容のある台詞のある映像よ
存在感あるキーツとシェリーの詩よ

2017　10／17　M

54　おとぎばなし

絵の中央に
そびえたるは
心の山　深し
心憎し
つつがなく聞き超えて
沈潜しつつ
突起するのは
心理状態
さしずめ連弾を

2017　10／17　M

55　目標

心の香花は
闇絶えて
深淵に咲く
心さけては
情なく
進化しなくて
人工は野花
心闇は芽を
発光の日を

2017　10／18　Ｍe

56　復唱

調べしたたる
「知らぬが仏」
枯れススキも
心しらす
裏はかくさず隠れんぼ
激しき心、潔く
理にかなった
「絶えなる（妙えなる）調べ」

2017　10／18　Ｍｅ

57 苦汁

顔よりしたたり「涙の日」
ヒナステラのハープ
コンチェルト寄る
夜の日ささり
声省く　かがり火
「ひき潮」のハープ
命の選択を見透かす
洗濯の泡
混乱の日
ランが咲く
顔花は瓶に

2017　10／18　Ｍe

58 鳥のようにきっちりと

下らない分計
ことあるごとに
影響される
振り回される
地球は回る
転落する夢中が宇宙に
似ても似つかぬ
発情しないように
シリアスに自己を
とある扉を叩く

2017　10／18　Ｍe

59　お土産

動物園で買った
象さんのバッジは下向き
キリンさんのバッジは上向き
象さんの歌は
ショーソンの「交響曲」
と似ている
飛び出す絵本

2017　10／18　Ｍ e

60　湖上の曾根崎（1720年）

ヴェルディの「仮面舞踏会」
夜のＴＶで一度の日
当日科学哲学
Ａ合格記念
レコード買う
ドビュッシー「ペレアスとメリザンド」
ベルリーニ「テンダのベアトリーチェ」
誤解は放っておくと
とたんに魔界となる
ロッシーニの「湖上の美人」は台風で
ハインリヒ・フォン・クライストの
相撃ち心中
音羽ばたく鳥が舞う歌

2017　10／14　Ｓ

61　夭折（30）

瞳の奥に銀紙が舞う
母の頃に顔会えぬ
祖母の涙の日（肺炎）
時の犠牲者
ここに在る　かしこに
私のセキとは
比重の違う
重病に放物線
描かれし酷寒の
一人残された
幼き母に師走が止まる

2017　12／30

62　ブックウェイト

鐘楼は塔に響く
「聖ジュヌヴィエーヴ・デュ・モン教会」
「最も高い塔の詩」
ベルギーのネコ伝説へと
伝承はピサの斜塔へと
通天閣まで、とどくように
駅伝は心のツタの葉
つたって贈呈され
文鎮となる
アラン・マレーのヴィオールへ
アルチュール・ランボーのペン先へ
相呼応する

2017　10／20　V

63　時刻の無限

ホトトギス花へ
永遠について尋ねる
人を対象として
時勢の残り香を
紅葉の脈に
肘掛け椅子の
震度数と波風と
あの日の門に光さす
高度の薄き空気

2017　10／19　J

64　スルバランの子羊

インフィニティと
インフェルノ
一対をおりなし
天地無用
涯は喪失感となって
水溜りと混在す
理不尽は
Agony橋で佇む
チューリップ色に染まる
感性は未完のカバ焼

2017　10／17　M

65　奸計

表情で読みとる二面坂
読心の裏わざ
声色で書きとる
はかり天秤を落とす
心理の理とは
解析能力として
火を消して
心に灯火をともそう
果実のコア迄
緩徐楽章なココア色

2017　10／19　J

66　花相

すべての噴水は
噴火した想いを見る
つぶては行く末を塞ぐ
儚い試練へと
堂々巡りは、しばし
心の巡礼に充つ
狐疑逡巡は
遅咲きの祈り草
ともに注ごう目配せを
遅蒔きながら改編劇を

2017　10／19　J

67　ノストラダムスの観点と

銀幕の彼岸
ダニエル・ダリュー、ＦＭで訃報
ＢＳニュース　フランス２が
予約し　夜中　３時
再生した　Ｇ・フィリップ　36より
ダニエル　100
「赤と黒」はスタンダール
本からスクリーン王道を行く
シャルル・ボワイエと「うたかたの恋」
マイヤリングから

2017　10／20　Ｖ

68　丘はイーグル

本をめくるカトリーヌ
フォークとナイフのマルゴ風味
マリア・スチュアルダ
つづく　心
マリー・ド・メディシスはナントの思い
絵巻はルーベンス
ドン・カルロはフランドル視線
ベラスケスはプラド
マリー・アントワネットの年に
ポルトガルは津波、ゲーテは教会休む
マリー・ルイーズ
ナポレオン「会議は踊る」
マリーとルドルフ
「うたかたの恋」
エリザベートとルートヴィヒ２世
オットー王子「神々の黄昏」
マイヤリングに戻る日に
アドルフとヴィトゲンシュタイン
「まあまあやね」

2017　10／20　Ⅴ

69 サラエボ原因果

コクトーは観察したのか？
ベルサイユ条約
アウフバーンは
「すべての道はローマへ」
ワイマールの
シラーとゲーテとノヴァーリス
メンデルスゾーンの涙よ
ベルリンフィルから去るレリーフ
リトグラフ
リトアニアの日本人ちうねさん
コントリビュートは
マザランのピンクダイヤより尊い

2017　10／20　Ｖ

郵 便 は が き

160-8791

141

東京都新宿区新宿1−10−1

（株）文芸社

愛読者カード係 行

料金受取人払郵便

新宿局承認

1409

差出有効期間
2021年6月
30日まで
（切手不要）

ふりがな お名前		明治　大正 昭和　平成	年生　　歳
ふりがな ご住所	□□□-□□□□		性別 男・女
お電話 番　号	（書籍ご注文の際に必要です）	ご職業	
E-mail			
ご購読雑誌（複数可）		ご購読新聞	新聞

最近読んでおもしろかった本や今後、とりあげてほしいテーマをお教えください。

ご自分の研究成果や経験、お考え等を出版してみたいというお気持ちはありますか。

ある　　ない　　内容・テーマ（　　　　　　　　　　　　　　　　　　）

現在完成した作品をお持ちですか。

ある　　ない　　ジャンル・原稿量（　　　　　　　　　　　　　　　　）

書　名	

| お買上
書　店 | 都道
府県 | 市区
郡 | 書店名 | | | | 書 |
| | | | ご購入日 | 年 | 月 | 日 | |

本書をどこでお知りになりましたか?

　1.書店店頭　　2.知人にすすめられて　　3.インターネット(サイト名

　4.DMハガキ　　5.広告、記事を見て(新聞、雑誌名

上の質問に関連して、ご購入の決め手となったのは?

　1.タイトル　　2.著者　　3.内容　　4.カバーデザイン　　5.帯

　その他ご自由にお書きください。

本書についてのご意見、ご感想をお聞かせください。

①内容について

②カバー、タイトル、帯について

弊社Webサイトからもご意見、ご感想をお寄せいただけます。

ご協力ありがとうございました。

※お寄せいただいたご意見、ご感想は新聞広告等に匿名にて使わせていただくことがあります。

※お客様の個人情報は、小社からの連絡のみに使用します。社外に提供することは一切ありません。

■書籍のご注文は、お近くの書店または、ブックサービス(☎0120-29-9625

　セブンネットショッピング(http://7net.omni7.jp/)にお申し込み下さい。

70　日本

孤空の日
ボレロ刻むは
人香り
波のりたしと
台風厳し

2017　10／23　L

71　尊厳

とぎれまなき
自然からの
注ぐ羽目を先んじる
行為のひずむ日
境目は執念
より重心ちりばめ
想へらく
定款とじる

2017　10／23　L

72　アバンギャルド

停止している
心の断言
結末を危惧し
フーガのそよぎ
思惑は
風化しない
歪曲されない針
レコードとなれ

2017　10／23　L

73　機能美

親に大事にされたら
物も大事に扱う
イチロー選手のように
道具主義と違った
格別の儀式よ
数詞のはり替え
作用とはりの在る
示した導入部を

2017　10／23　L

74　人らしさ

電子の忌々しき部分
日食と心欠け
心掛け欠損した
怠慢な人の無情
目をそらす
人の有無なれど
人口に膾炙
無情の世・弱さに注ぐ
口答の沈没へ
へりくだる

2017　10／25　Ｍe

75　去来

パッセージは重力波
gravitation
gravity wave
軌道は心臓音を
音楽は小鳥を
音叉とメトロノームを
雄叫びは墓を形造る
香料の添加を
白日夢にともす

2017　10／25　Ｍe

76　シンドローム

苛々するときは
絵画から観照し
鏡面から反転し
心の透かし模索して
暗中は暗夜にて
味覚は滑走する
長辺の五声部で
落ち着こう

2017　10／25　Ｍｅ

77 圧擦

悲嘆の雨音
しのぎを削って
散乱する
紅葉は犠牲者に
水溜りに思い出を
潜入させる
日ぐらし印に

2017 10／25 Ｍｅ

78　敵視

不信感はつのる
香水の後だちのように
不満は満腹より
心を充足させる
満ちた毒牙は
わが心拍数に
異常のシグナル示す
欠けたグラスは
空疎を感じる

2017　10／25　Ｍｅ

79　灰の水曜日

未来を休む
しばしの　あいだ
日溜りを
休日が無なので
過ぎ去りし
将来性を休む
落ち葉を休む
苦汁を消す為に

2017　10／25　Ｍe

80　誓い

あの日記は今に
引き続く
尾ひれと共に
友に伴になく
作風は羽音に
とめどもなく
歪曲線も湾曲で
曲折も点線で
音をなじませる

2017　10／25　Ｍe

81　不朽

チェリーかプラム
辞書で確認　キルシュ・ザーネ・トルテ
ドイツのケーキ
まだ見ぬケーゼ
鐘の音　ドゥース・メモワール
金字塔の
時しぐれて　ささる
時差崖にいて
山びこは去らず
くちない音楽
小鳥が啄む
音符の目頭を

2017　10／25　Ｍｅ

82　物理屋へ

光で重力波とらえても
私には鳥のさえずり
音楽の延長にしか？
体を壊さず
魂に響く　鳩の声
器をつくろう

2017　10／25　Ｍe

83 サンタ・マリア・デル・フィオーレ

６：２：４：３
ギョーム・デュファイ
聖歌の比率を
聖堂に捧ぐ
分化しない５人として
文化の刻示よ
黄昏は迂回し
ギョーム・アポリネール
橋渡し舟さんざめく
ギョーム神父
日本で涙
ギョーム・ルクーの音楽
ギョーム・ドパルデューの
「めぐり逢う朝」に
日が沈む

2017　10／27　V

84　無言歌

12月８日　無原罪の日
悲しきおやどり
しっぺがえし
８月15日　聖母被昇天
沈黙らしき
死人の日
無念の空

2017　10／27　Ｖ

85　対象とは

永遠の不確かな
意味あいの
心灯す狭隘の
不つりあいの
「存在と時間」に
「愛」がない
あい間に
寸劇を垣間見る

2017　10／31　M

86　こなたからの

心待ちにしていて
思いのつのった心淵
惑星より不正確な
心月夜しのぶ
おぼろげな真相
げに、感知せず
感光紙も、つぶる
眠たそうに目を
つぶりて、つぶやく
約束日を守護神へ

2017　10／31　M

87　さらし起き伏す

安穏にぶらさがる
あの日の欠落
聖火リレーは立派
派生語はおはじき
経済をはじき
効果をはじき
すぎたるは一感情
理念は埒外へ
爪弾きに帰す

2017　10／31　M

88　短歌

助け舟
今いるところ
違いなし
夕霧の間を
駆け抜けゆくは

2017　11／3　V

89　指つづる

遠巻きの
遠回しは迂回
円舞曲は波無し乗りて
足跡の円周刻む
常軌を逸した
陶然となる
目覚めどきの
心臓音の硬直に

2017　11／3　Ⅴ

90　料理の昨日

カレーマカロニのチーズ焼
なぜか缶の銀紙
指に食い込む
カレー粉よりも
赤字描く
人差し指の
しずく弱し
オーブン熱中時代
ベルうっとうし

2017　11／3　V

91　誤魔化すな

一塊の腕かたし
魂の距離はるか
名称を変貌す
季節の基準を
鬼々、狭くなる
迫る路線そよぐ
民衆は一心よろめく
蒼白なる勝手口は主日は空色に
対抗の無を駆ける

2017　11／4　S

92　ペナルティエリア

戦国時代さながらの
見知らぬもがき
実像よ海辺へ
世捨て人の虚像
台風の目と合う
再会の星人とは
インスピラシオンの
読解力は知力のみ
ほころばず

2017　11／4　S

93　土の顔

巻き込む地質
不可思議な
参考なし言い分
都合主義の
為に為ならぬ
無理かなう
記憶の選抜
醜い行為と
空しき物音のスプーンへ

2017　11／4　S

94　レジストレーション

心音に彩色するは
羽衣への夕べの祈り
落ちつくときは
詩を書いているとき
左手が自然に動向
辞書は日本語は
手に重く痛いので
全読後は鎮座し
外の轟音が響く

2017　11／4　S

95　メンデルスゾーン命日

1847・11・4
命の日は鎮魂の日
「エリア」の歌詞
英語バージョン
午後はリュリの
「テ・デウム」
歌は魚のごとく
勢いイキな人
終了なき戦いの
匂いなき音

2017　11／4　S

96　人とは

祭壇画から
おしかりを受け
悩みの種は
海のむこうの
カナリアの
覚え書きに「種子論」いづる
「何でも覚えてると
頭破裂する」
無神経な母は
ＴＶの人

2017　11／4　S

97　本心

劣化していても
沈むまなざし
失策に浮游する
忘れじの頂上にて
思い影よ重奏で出発する
パステルカラーよそに
絵の具、巻末をほどく
いかにして黙約と目的を知るのか
ふさいだ星色までに
いとし７色のまばたきを
独占するのは自己の心を
乱暴でいて、それでも
　稠密な精密音
森林に引っ越してきた来訪者は浜辺だ
渦潮に際限あれば
あられがつぶやく
独り寄る辺在る
海底につんざく

2017　11／5　D

98　打とう

後日に見る情炎よ
感応と日めくり
モノローグで
忘備録をしかと
固める、目眩く
多忙に曜日を
添付し、安息日を
注入する心なし
苛立ちに終止符を

2017　11／5　D

99　コンチェルト

内外に住む
根生は比べろ
コレクターの
音しずくは
波動を横殴りの
未来で充足させ
されば寛容！
不可解な至上よ

2017　11／5　D

100 イノセント

チョコレートの煮つまった
頃合いを見計って
人の気なしの
太陽が座敷牢を覗く
うなずけば私事
孤独の範疇を
ほころばせる
傾き底なし、つゆしらず
雑念反射よ今
セルフ・デセプション
分解の心遣い
無理難題においては
予知夢をしのばせる
しらべを揺れ動く
池の鯖
紫しぐれを装う
マニャールの「ヴァイオリン・ソナタ」
デュカスの「ピアノ・ソナタ」
二人のシンフォニーの
内側に悲嘆なる感性が
どよめくように

2017　11／5　D

101　仏文学について

ロマン・ロランとモーパッサン
ゾラとバルザック
この影のたおやかな匂い
芳しくあれカルテットは組版として
同時進行する時代への扇をかざして
再会の「ジャン・クリストフ」はオリビエの
時計台捲る
エッフェル塔内の「女の一生」
途中切れに「禁じられた遊び」
溶け合う
「居酒屋」復讐するは
「美しき諍い女」いさかいめの
（知られざる傑作）
休止「Ｇ線上のアリア」たわむれど
変境の「幻滅」は版画の
逆境の内に思索の本は
目を閉じることあるごとに
「いとこどうし」

2017　11／8　M

102　あるいは哲学の道

ラムジー転調は天国へ
音楽の葉が空気内に
ゆったりとヴェールをまとう
死を甦らせる
至高の香料に時がそぐ
若くして熟練を漕ぐ
ロジックはマジックを
連弾を聞き越えて
３つのモードにも、いかようにも
ヤスパースそして
煉獄は執行猶予に
練乳はコーヒーのつなぎに
連帯は無責任のつづりを
命の表示は存在の有無を
吊り上げた露台への
部屋へのしたたりを
実存主義は３つの過去を見聞しつつ、みがく
御影石の汗のように
不確実なる確実性へとむかって

2017　11／9　J

103　美術論

フラ・アンジェリコとジョルジョーネ
とティツィアーノ
ここに集約されようぞ人の遍歴
失態は施すままに
秀麗なるからくり
実像は絵の中央で待ちあぐむ
音楽は調子のまなざしで
人の世の透明度を見抜く
動乱の直進は夜露より
速度は向きも含有する
人心は油絵具より
乾く速さ実感より
かみしめる冷酷な目薬
飲み干した日の嘆きよ

2017　11／10　Ｖ

アランとアンドレア・デル・サルトとラトゥール
閉じた瞳よ五線譜のみ見よ！
人界を称してカンヴァスと言う
絵筆は「幸福論」を推量し
天秤座に尋ねる
無口なあなたハート瞳孔はサクレ・クール寺院
動向は楽と学の根
生きているときも絵内で微笑し
死んでいるときも音質で刻印す
ここに仏学とアートと音楽は
文楽を回顧し
詩哲学を演奏した
幻滅感をよそに

2017　11／10　V

パルミジャニーノとコレジオと
ロレンツォ・ロット
チーズとなって名称の美学は
マニエリズムな深層心理となり
念じてやまず失望感と無念のキャンドル
信念はとろけやすく、何も無かった会話
浮いた気心、お人好しでお目出たき人
エクソシストからも邪魔者扱い
看板は苦労人を踏み貶めた
邪推してみよ！　人となりを始めから
ヒマワリの種のように好意は絵手紙
白と黒は「昼と夜のような黒と白」
はにかみは絵の真相によって
よろめきながら、くらむ目が
不気味な元気の元凶はくつがえされし
キビスは猛獣の目元
アイラインは地図に引かれた
雨の線引と黒
腹は白い方が良い人
外見は色によらない
寄り道は迂回のごとく安全だ
「主よ無慈悲な人々よ」
詩人のアフレイタス
音楽へのインスピラシオン

2017　11／10　Ⅴ

飛び出した先人のことごとく
後味は後だちのオーデコロン（ケルンの水）
ケルン大聖堂とミラノ大聖堂
花散る心は日々の追憶ジュリアーノ
天使は嘆きの息の音を吐くアーモンド
絵にあふれる涙腺
落葉をも枯らさず
円らな目はパルミジャニーノと
コレジオの静謐な夕べ
ロレンツォ・ロットの音質の額縁へ
対価など退化しない
逆世紀に移行する
ティントレットとメルヒオール
ジョヴァンニ・ベルリーニとヴェロネーゼ
したためる文字は文様と去ることなし
成立しない長短波をまとう
足が痛むアルチュール・ランボー命よぎる日
ティントレットの絵ルネサンス
復活は心目覚めに
彫刻より心あらたな感涙
「カナの婚礼」のように
聖母の悲しみを予言する
賢母はクリミアの簿記

2017　11／10　Ⅴ

詩の子羊ミューズ去らず　砂丘の迷子にショコラ嘆く
「展覧会の絵」はモーリス・ラヴェルも
「キエフの大門」いつまで「クープランの墓」
「左手のピアノコンチェルト」
兄弟の「論理哲学論考」に　同窓会は数字の魔性よむ
左手天才レオナルド・ダ・ヴィンチ
変才アインシュタイン
なんで幸才バートランド・ラッセルとツーショット
北海と死海を泳ぐは、祖母に鍛えられたおかげ
しかし、同名の写真家コワイ
左手大才　ポール・マッカートニー
考えてミレド　ジョン・ラッセルとロダンは
音才と神と不通
幸と不幸が互いをうやまいつつ
つつがなく蹴落とす不完全燃焼見抜く
メルヒオールは見ていますか？
昵懇に添いて
深淵の太陽とキックオフまでに時かせぐ
ロスタイムはまぶたとこめかみ米ヌカ美人
ぬかるみでつまずき
ドロパックはドローン・ゲーム・カラオケ・エステも
インターネット・スマホも嫌いベル！
一方、メルヒオールに来日してほしい
アディショナル・タイムとなって

2017　11／10　Ⅴ

104 向きと変化と妙なる音は

神話のひととき
風の影が心理を引き摺っている
かのように見えるだけ
かの君は湖上の情静部
心落つ惑星へのつらら
氷笥の声にかじかみ
ロレーヌ水脈のムーラン雪道と
天の川で合一したき心よ
音の匂い振りまき俟ちあぐんで
円柱にイルカがくぐる
まさに足音しのばせて
香水の文字よ枯れ葉に祈る
よる辺なき想いへと
睡魔の感覚が解きほぐされ
歌詩カードの表層に
仮面が沈むゆるぎなき
休息の日、終わりは
ひ弱き圧力に倒れる
積送品は結晶の道へ
送り火は追悼の
生きる目は白に抜かれる
血塗られし空間は夢追わず
顔面は筋書きを伏せた
リンパに見届けさせる

2018 2／15 J

105　夜の内部

夜も思惟は眠ってくれない
揺るぎなき詩文字よくれなずむ
弱き動体視力をもふさがりつつ
態度で超越し心どまりを
越境しない「そは空辞か」
至難の業はゆるやかに写体から
誇示しない煙幕が立ち籠め
自責なしの人らしさとして思索してゆく
責任感とテーマは
「すげかえられた首」もなつかしく
顔面と心の内には動揺なきにしも非ず
誤魔化さない今どきのうるむ
写真と肖像の夜、目くじら立てることか？
自然らしさも綻びなじむ
誇張しないレントゲンの絵画よ
余暇の人の気なき窓辺に
すねて詰問して

2018　2／20　M

106　カレンダーの100点

本能寺の人々あまた、在る日
映像の場違い面に
影が降りしきる町々よ根底を察す
イギリスはグレゴリオ暦の
カレンダー王子　1582年の「炎のランナー」
天正少年天使で甦る
この二条城の後香りとして

2018　2／20　M

バロック音に台風は瞳を注ぐ
使者の手に花押から弾け飛んだ
月見うどんに浮かぶ桜
ルネサンスに遡求せし
光彩陸離に求道精神うちひしがれん
少年の古書と傘よどむ
静止のアンブレラが歴史の
アブサンを語る不在なき不実をも
無声に色味を添えて
背信とは自分を棄却し
領分をえぐること
夜に重々しき歪曲されし
まぶたに肖ってこときれる

2018　2／23　V

107　言の葉

形ある物、啓かれたことのはや
空白の内に判を刻め
言語は音符の味覚に敷石され
鷹揚な整数によって、終夜
手中の天空を仰ぐ
音楽が鳴り響いていて
ふっとやんだら、頭がなる
雑多な物憂さに対峙し、つつき合い
今一度、冷静さを取り戻したい
忍耐力と集中力を観念の過ぎる頃とす
鏡面に流入せし在る音形を
邪心なく過ごせるように
「めでたし　海の星」道標は雪涙
セレナードのケーニヒスベルクの橋
人界の夕陽が見聞したそよぐ風に
破片的な横顔よ、邪推なき
思慕は子午線の波線として
夢の背後に眠る手をことほぐ
レクイエムのオルガン言の葉より語られ
真意的な感情ゆえに、沈みゆく
告げし甘酒の下積の
ゆえに軽蔑すべき、はたまた
責任逃がれへの悲痛な営利
対して指に放散した音なる匂い

2018　3／23　V

108　シンフォニーの形は粒子

モーツァルト29番のシンフォニー
18歳の時の重厚さ
足踏み間違わないスタンス
天地無用とならないコンスタンス
人となり得る天使よ
聖歌とこしえの逆転なき反射光よ
目が薄空になっても突進す
粒子がアフレイタス
七色のカチューシャ置き去りにして
明媚な空が喪失してゆく

2018　2／24　S　〜　2／25　D

109　ルノワールの人形

雨だれの虹彩つたって滝の音響
「イレーヌ」の瞳色
蒼白色に蒼天をとざす
心像は朽ちぬ心像よ
冥府に帰郷す
交差するところ、たきつける香水よ
日記のように掘り起こし辿り着くことなく
日誌のように公開し
歪んだ事象も、ひきこもごも
作為まで忌憚なくして
うつつがつき抜け散乱視
貫通するは無実体の大義よ
現実のおひなさまは無辜のおだいりさま

2018　3／25　D

倒れたびょうぶが鏤められ
非現実の現実に素描が眠る
1000年後に目覚めると油の血色
となりには氷塊が鎮座している
理性は理にかなった
夢からのギフト
天への回心

2018　3／5　L

理性は余裕がないと働かない
対象までの心身の夕べに祈る
自己と他者を見極めるべき
心の距離が保たれて
はじめての優しさがメロディに
本然の心を告げる
夜のしじまは喧噪を照り返す

2018　3／7　Ｍｅ

不安というものがいつの間にか
際限なく、つきまとっている
殊の外、血まなこになって
追求した挙句の果てには
頭脳に心が行き届く頃合いに
人形の絵の淵を
色香の放逐 expulsion

2018　3／9　V

110　短歌とつなぐ音楽詩

ケセラセラ　歴史の目ざとさを
数奇とし　年支か　瀬戸物
周期の桜

2018　3／10　S

斗より賭より自分の頭の中で
格闘は思惟の泉だけで
息の一つが「空想の音楽会」
思い出しおこり会期
手首にしたためるオレンジの芳香よ

2018 3／25 D

111 スペクトラムは歴史を仰ぐ

X年バカロレア哲学論文
「コミュニケーション」
わからない風体がわかろうとする
源流を生み出す
型紙のある部位を壊すころ
頃合いコロッセオ
アンバランスを是正すべく
ＡスペクトラムＤ
目が空ろになって
私の時が耳に入る

2018　4／19　Ｊ

ジョエル・シャーク公式王子
超弦理論は舗石のパリに散る
涙の日、私はチョコレートで手を突く
丸一日で血をかみしめる
不完全が完全を欲してやまない
ヴェルサイユ宮殿の鏡の間で
完全数496
ランスのクロヴィス王
年月と重力は波をまたぐ
鏡の破片に10次元の
チョコレート王子
しかと為替レートを
分離させ成就の落とし蓋し
滅裂な皮膜に馳せる
思いの外、ストリングス
カルテットとカルテルは
カクテルグラスの色に酔狂

2018　5／4　Ｖ

112　花の重力

魂の根源への想い
隣接点の妨害波にも堪え
たえない無音にも音楽の光文字
わが耳とぼやけた目の視点とを
指針に迄に
影響と苦しさを注ぐ
そよぎの合間に感じいる
時しぐれよ
しばられない調べよ
神経そぐ防害は
他者のブラックホールか
集中力をそいでしまう物々とは
集中力に対する過剰な意識だ
そよぐ微風に
わずかな尽力をくべる
熱気球に乱光が
当然な日の不確実性に
クオリティのハイカラな
カラスは口ずさむ
灰の水曜日に他種が
増殖し沈丁花枯らす

2018　5／5　S

113　1日の内省

薔薇照準に芳香を
注いで観照する
テオリア寂しき
放散は心の間隙と感激を
結ぶ一過性はついぞ
心らしさへの導入部へ
とらえがたき濁り場へ
想いを馳せる
今日も1日なのです

2018　5／3　J

デッサンの出入り口から
ランダム・サンプリングされし
記憶の丘は遮断機をまとう
炎色反応としてカラーまとう
相手は対象
不在だと存在理由とならない
とも限らない
ＣＤの言葉ヒアリング
きこえてくれば
一緒に歌って暮らす話し
日暮の時差に、花一りんを

2018　5／9　Ｍe

心メルトダウンし
詩が叫ぶ
しつこく色が反射して溶解せし
わが魂
心に追加せし、どよめきの灯

5／16　Ｍe

114　クロノス

時が交錯する
ハンス・ロットのまぶたの奥に
逆位置に宇宙定理でない
音粒のスコール
影は並びようによっては
あだとなり、おえつとなり
「ヴェニスに死す」
の綿々より前を走る
先ゆく、とどまり
人智計りしれず
終わりなき欲望よ
あなたを再発見するといった
本を解読して享受しよう
語らいの雄叫びを
感想と観照を
人体図の持つ真の意味を
伝えたくて書いている伝達人の
無人の島へ心あふれ
夜よりふけぬ光の生への詩情を
雨の仮そめの姿は暗室だ
ミストは爪弾く爪はじきの
心悴む人意を
電気の時ゆえに心の時ゆきすぎし
死の香料によるべなさ皮肉なことに

2018　5／25　J

115　鳥の考え

思いたった一度の日
心への反復は想い音
重奏する譜面の内へ流れ
夕陽を仰ぐ地底を見つめたい
電流の届け人よ
あなたの領域より声の質感へと消え入り
辿り着きし私の心寄りを
新たな着想で生命体の発想を
未曾有の神秘を逆なでし
方途で戸締まりを
さえずりをシジュウカラ囁く
昨日は全体で今日は一部終止
始終 Sans Cesse

2018　5／25　V

116　優美のはしくれ

時の魔物にうるむ目は冗漫をたたえ
寒暖の自虐に迸る
瞳の湿気は寂しき音色
寄り添うのは
不快日を貫通する
優美のはしくれ
くれなずむ夢の結末
素手で摑もう太平洋を

2018　5／7　L

いくたもの最果てから
止揚が浮かび上がる
されど去れない
同一視の忘れな草
一瞬の期間にすべからず
集結する蘊奥の
深海は辛し木枯らし
まぶたのくぼ地に
彫る顔は同心円を
舗石に素描して
弓状の仕分けをする
名にひそむ不可解よ
鼻の影が目の奥にサファイア色
密かにことわりの微笑うかべ
顔なり何なりと人心となれ

2018　5／25　V

117　予感　Pressentiment

真夜中の真下に
電柱が走る
重奏しすぎて固執する
かみ合わせの悪しき
あしざま日々のしのぎ
気落ちを巡る拠り所は
音と絵のはじめ
猜疑心は気の向くまま
心より連弾はずむ
湯けむりの昇天先は
思いの鳩時計
内なる夕闇の地底でしかない
質量の充つ日は目と身に
余りゆくのかワインの色香
声の負担額は
額縁より深し
「アルルのヴィーナス」羽毛の魂したためた心よ
「アフロディテ」心静かならず
12時は真夜中の居直り

2018　7／1　L

118　用心　Précaution

部屋の角で思いしる
強迫観念こそ被害妄想ぐらい
用心深くて、丁度良い
台風の日にクレルモン・フェランに
想い馳せし、根絶せぬ
心がけし情熱よ！
常備野菜を丸かじり
ことあるごとに哲学の根源や
信条は存在確かだと、人をして
想い出さずにいられない
多くの乱射で混迷の度合い
高まれど、そのぐらいで転向しない
心のいおり
文化人を地点で希求したい
言葉の真意を爪弾きたい
本然の自己の存続で
簡略化や記しなき心の無化
そして暗号化に対抗すべき
文学と哲学と
芸術の内なる生命体に
心をそなえて
憂愁にも覚え書きをそえ

2018　7／5　J

119　テンペスト

水の旋律は優しい
しかと受理して生き返る追憶
入り乱れる口先と閉口する
行程よトライアングルは
途上のアフォリズムを沈めよう
ひめし今上の別離
現在が解けて逆撫でする
つむじ風ゆるぐを閉じず
開口一発、風変わりな
迷信や伝説は海に浮上し
誤解をまねいた貝とじる
二枚舌の明暗はコントラストのみ
浜辺に打ち上げられる
決断力が盲点となって
色味や潜入地に試食させよう
道に大洪水の濁流が示す
その顔とは鼓月鏡の格式をひたすれど
崖っ淵のメロディをもひたす
Abime と gouffre 深い淵へ

2018　7／5　J

120　予言　Prophétie

ドライな数式は無限に向かわしめ
倫理は滅却される
形なき反逆はしめきりしらず
言の葉は Prophétie
心なし記号を越え
心理を投影する
地球鏡の温度を痛感し
整理しつつ
アザールのソース料理を
潤すミラクルミネラル
それは人脈と鉱物のチャンス到来
思い出一杯つまったはず
苦痛の二重苦に沈思すれど
心の上層部は上位観念と命名され

2018　7／10　M

121　夢が無常の史実を掘り起こして

束の間が互いに轟音をたてる
醸し出された匂い乱れ散り
蒸発しては角膜を突く
突撃は夏祭の嘆き誇った
花となる
汗は水上に伸び漠然とした
様相となる
崩れ落ちては意中の
夢落としとなる
予示ならしめ

煩わしき前後の不確かさと
途上の美学は
無臭とは「為に」と名称されし
試走車の気分で
気品を品定めしつつ
尾を引く尾ヒレとならぬよう
「百聞は一見にしかず」
しかと見届けよう人類の叡智
かどうかよからぬギフトか
関ヶ原と鍾乳洞で
場所的中間項はうなじを
なでる

2018　7／12　J

122　空気の精をひもといて

人参とキュウリとスイカ
ことごとく丸かじるアングル
心浮き揺れし止まれ
焦点は痛快な痛点に
通り過ごした人生の内で
ルーヴル美術館の大理石と交わし
中庭のレターは砂上に
桜日をのぞく

グリーンがほくそえんでいる
自然とさおする
溶解しそうな自虐を封印する
その舌触りを秘策へと
くぐらせる最たる夜陰の
矛先から

2018　7／14　S

123　光線の芽をつみ取り

搾取しつつ根幹をなぎ倒され
あわれ大山の星屑へと集中し
消去される
ときの甲山はスピリチュアルを
解きほぐす
高槻山は月下美人を縦横に
ゆらし逆流せし
広く流出し長く表示する
地平を仰ぐ線状となる
心のもやは伝統を土産に
おはらいばこ
不公平は山欠けた落ち度の
歩き始めた流木に体現されよう
自然は自身よりよりよく
それにしては悪し
見てくれの悪さ失意の連続で
下山することとなる
めった打ちからんだ

2018　7／18　Ｍe

124　造作なく雪粉をまき

金色にまき散らされたわが空は
気力ないしは気概が興奮の
一作動しか日を数えない

鳥は海の色魚たちは方向の色
人は対象を外す
唯一の音色は夢に眠る
永遠を尋ねる絵師は
絵の中に世の魚を焼く
油を零し零落のうめき声
確認する
抜糸の手綱は心に命中する
心行き届かぬ根無し草の
頭痛を叫ぶ最高の愚昧

最悪の返礼をマックスなきを
こめての力量を

2018　7／17　M

125　鋭敏な力の羽衣

それとは別に水泡から浮上した
香水の気腔すべからく
肺に満月を注ぐ
雑念をほぐして
信念を労う夢うち寄せて
その貫くことの大切さを
胸中に板書する
白書よりも真実味の在る
ホトトギスの囁き声より
リズムを疲れに刻み込む
夢うち際に波線に
うちひしがれ
切断されそうな心に
悲願を捧ぐ
やりなおし
追加
右目と右手が不自由な
私の病苦にとって
体温と気温の
同時進行には

2018　7／23　L

126　思いのほか捨て去られし夕べに

追憶の全部分をせめる
腰くだけとなった海底の目元よ
全力量より奥深く本念に
押し潰され刻まれ
星に届くのか悲命ない共鳴よ
その重圧は薄情
ふるいにかけられ余力のない
魂は人界を飛翔し
疾走し太陽神の足元で
ローリエ香り放たれる
怒りの外側に自己を置いて
冷静さを体内に注入しましょう
しかし、諸悪は時の経過では
贖い切れていない
主客倒置とは
いかなる思惑の不遜より
入り浸っているのか
シンメトリーの根幹に
白の日にのみ
覚え書きは弱きとき、感受しがたし
意味づけの淵源に息を置く志よ

2018　7／25　Ｍｅ

127　川底に滝から移遷してきた

虹が翳る
夢ほどけて鹿の角へ大杉となって
影が尾を振る
薔薇の名はカエル今となって
まるで、あなたを再現している
かの君、威厳よ
厳選より来たる
鐘楼に深淵よ壁を垣間見よ
水滴と酸素が
死を分解してきている
今も死を生きるときも
「デヴリ」
「ヴィクトリ」
「リベラ・メ」
３つの時の１巡礼し
理の地へ
果肉しみ入るアンボワーズ
アミアン大聖堂よ
富士山の想いがクロード・モネの庭に届き
影としてまとまっています
死を深め詩を相まみえる
紫色漂うコスチュームで

2018　8／10　Ｖ

128　何か突破口が無いのか

暗室の落ち着きで
構築せし考察と
明るさに浸りきりの
迷妄や混迷の
習慣というべき
痛恨の極みゆらぐ
星飛ぶ速度で
時差が降りかかる
エンゲル係数が
ケーキ・カットするがごとく
海抜の魚群れに追従し
視界を振りほどく
光度数を後ずさりさせ
灯し火に幻の顔が浮上し
朝の重い話に
夢ほどかれる度肝を抜かれ
記憶の衝突よ激しくされし
消却下

2018　8／12　D

129　熱風よ何を示す？

しめしのつかないもの
示さぬ方が
明白性と明示を
沈丁花のうちに沈んだのち
新しい息吹
花を振る
降り注いだ海底に
星花を生ける

8／15　Ｍｅ

130　ウィーンの馬車や

プティポワン手芸の
人の世は巻き戻され
文化人に対する歪曲を
糺す
あなたの誕生と元旦に
嘆応する太陽の歓待に
シャンパンやタルトの甘き味
酔狂なバネ人形とならぬ
年表のあしき反復をしない
想起すべき名の字数ほど
交際や人脈よ
路線バスや
額上を走行する路面電車よ
運命の一人歩き
定命の傾き秘めし心
血液の橋をはね上げ
黄昏の水影をとらえる
呼応するヴィオールと
絵画の表情や指に
シャトーとブルク
音楽の殿堂は
城の守り神

2018　8／17　V

131　目眩く

光明の段差に感じ入る
水音が枯れし分子の水色を示す
数値のはり替え作業と
無の絶賛を印す
光線わななく
小雨降る小径へ
押して門は
計測不可で
夢宴なりにくぐりぬけ
本質の音差と
命運の分度器を
CO_2事情へと、ゆっくりと
露めいて
クオリティを世にくべること
ないじゃないか

2018　8／17　V

132　及ばず出づる

波頭
撃沈されて
靴底に埋葬されて
しかし、受けとめ
自己の土くれ
ないしはクレド
消失せぬは
文学と芸術への想い
屋根からはみ出ても
痛い手で弱い瞳と心身を
鼓舞する音楽の雷鳴のごとく
ＤＮＡ核は心の隙間を
のぞき魂の真価を
神妙さを信憑性を
詞祝ぐ
ことわりをしらず奇抜な越境に浮かぶ涙よ
静まりをしらず

2018　8／19　S

133　チークロードに湖作る

縷々縄飛ぶ
小舟の漂泊
運命の一厘
暦しぐれラッキー7
ラフレシア見ずスマトラ島
肩の力を抜いて
息吹をそらんじる
Songe（夢想）
夢見る人
墓標が意思を踊る

2018　8／20　L

134　写真と隣合わせの

もう一人の自分を
分割しかつらむきにする
真偽のほどを
層の上下と手探りし

舌ビラメのウインクに
下支えしたたる
心の椿花を飾る
地図の表層部に
現在のつばぜりあいを

重圧感に見栄を
含有率99.9％にする

のちの世に土の群
池の顔にハスの葉
精霊流しに
浮かぶ舟影

2018　8／23　J

135　人間の醜悪さに思い知らされたか？

いや、百も承知さ
そう古代から手を付け
怒号を串に刺し
力を鍋にくべて
心を目玉焼にしている
1918章品目をそろえる年号をもじれば
試練と追いつめられた逆真の器よ
実体を歌に秘め
石は実は投下
畑に一筋の切れ端
感応や感情や
情念や妄執や
熱情はひるまない
一心を助ける
微力であってもみなぎる本念

機械論の習慣広告には
決してない

止める悪が心意気には在る
止血し人を生きる

2018　8／25　S

136　カーペットに敷きつめられた

熱気流の術
不遜は念を払拭し
ストローを通す
髪の毛の呪縛を解いて
日記がイメージの影をくり抜く
南十字星がほくそえむ
海底のユートピア
年輪は藻を積み上げる
瓦解したは眺めゆる日
日々の根底の内なる夕べ
友を想う
鬱積も日々を壊す
憎悪となれ

2018　10／2　M

137　詩的な画数は

オルガンのペダルより多くを語る
無限と無像を数えあげよう
アゲヒバリは倫理を森にて
こしらえて葉影にうつむき加減で
防御壁を築く
傷をつけられた心の
闇夜に隣あわせの燐光を
打ち上げの色を
「緑の光線」と決め
「決定論」を凛として沈下させ
解決しない対処と退色を
円舞曲に封印し
切手はあなたの表情に
貼付します
年輪は文字の文様として
私事の奥ヒダに注ごう
そんな内省を保身派に示し
回顧主義にひたる次第です

2018　10／3　Me

138　去来すること

生きては去る
置き去りし
募る想い出の思惑よ
生きた証とし心におざなりにされぬ
年月に木霊在る
音霊としてなら
池から飛来して
水鳥の羽毛となりて
人心へ帰郷をとげる
ゆとりのないがしろ
狭量にほくそえむ
わが、真は暗への理とした雨音に
消えゆく裏腹の靴音よ

2018　10／4　J

139　一片に輪の片鱗は、とどめた

生殺与奪を年表に
人を快と不快の
泥沼に旅させる
馬車は後退し
円環からあふれんばかり
逆三角形へと後進させる
後退でない後進だから
マイナスの加速度として
心配りの針時計を
あぶり出してはくべる

一直線をしたため
心の声手帖に
はるかにしのぐ夢多きを
音影となって淀む
クオーツを彩色する
死の果てにこの世の生を見
夢物語のいとまごいと
魂の根源の３乗根を
備える$\sqrt{3}$

2018　10／5　Ⅴ

140 「妖精の女王」は「雪の女王」

友擦れて「聖チェチュリア」
セシリアやラファエル
パルナス山に響く共鳴しない
栞に咲く
哲学の方途は今こそ
死を刻々と甦生させる
心おこしと遅ればせながら
長きにわたって情操を
メモリア想起させる
街興しを同調し
詩情の音楽神に
氷をおさめる
子午線を回想へと
巡回させる　手解きする
「追想」として
「思い出し怒り」として
多岐にわたって日付変更や

2018　10／10　Ｍe

141　月下美人のしたたりは

月光からもたらされた
眉の丘陵に
崖っぷちに閃光舞う
重大なひとときのしのぎの
拠り所の個体に
落下地点は細々と
光柳の影絵となる
指はお椀に転写され
音鏡に零度となる
心地に噴射せし
スコアの雄姿よ
プロテクトは心壁に
友愛を提示し
反転し音しぶき
詩したため

2018　10／10　Ｍe

142　何でこうなるの！

満月の夜場は
不満の絶頂
不安をメレンゲを辿る
「ビーナスの誕生」は
泡をほどく縄の翼を
土塊は信念や道や信仰まで
心臓に熱砂を当てる
ぐらつきの骨頂と
残忍な矛盾に対して
目と爪が印象にかつ
不朽のしぼまぬ花
受難は後日に開花する
ガリレオのように
シェークスピアのように

2018　10／10　Ｍｅ

143　古語の死語ならず

距離得たり
節目の眼光は
日光が伏せ
根本の語呂に
人の冷却と薄き他項と
緩慢なそして
帯びた夥しき
舌の領域にいどむ
今昔の絶望を折る
謝絶の休らい日を
彼に願う
エピステーメーは寝て待つ

2018　10／10　Ｍｅ　ＡＭ５：12

144　充ちてすき間には限界在る

あふれた箇所は
根本の不朽の
把え方の差違へつらう
選択肢は枝別れし
夢に線を刺す
指針は自己を自分仕様として
差し示し、招来する
犬の腹時計は３時を差し示す
個性への叩く弾力めげず
Contra と Confront は触覚の
音攻撃を名曲で防ぐ
愚昧よ絵を揚棄へ
追加して心許しを
想起し心伴え

2018　10／10　Ｍe

145　心欠けて破片となっても

日常の魂となっては
意識と無意識に存在する
狭間である識閾よ
漂流しては残存する
煉獄のごとく
コームを刺すゆるぎの
存在論の口火をきり
冒瀆の解禁を煽るばかりに
憂い深き層や壁面に
ほこら終末のしげみ
集団の中と同一の
自己確立の合一で
証人は自己の
原因律として詩うるむ
有象無象の内なる
含みに軋む
心落とし

2018　10／12　V

146　木の晴れ間や

枝葉の陰に
落とし蓋にさとす
目の屈折へ注ぐ微光へ
眠り支配と仕要に仕様に
記憶の波線
沈む氷で
腹を越える
追悼の意義へ
美声みたされる
視力の集中は
永遠の方途なきにしもあらず
大過去の止まり木
すすいでも泥まみれ
コンフィデンスに甘味しぐれ

2018　10／12　V

147　花の名は花畑に

詩情や情趣を
あふれてやまず
心に降りては
降りしきる雨
誰に心を占有されるのか？
花束は不乱と
腐乱で一心を
溶解するしかし
されど魂粒子は
自己の声で自己の
実在をオウンゴールせぬ
不可の合格を希求せよ

2018　10／12　V

148　世相と世論の

氷壁より冷酷な
仕打ちは個人の
その天使の翼を
もぎとる
瑣細な事柄が
外野の右になりならえで
大きな幅となりて
闇がほくそえむ
表層のうつろな
態度に台風の神は
インターバル
思案すれど
後悔するべき数
あまたの選抜すら
失投し回避できぬ
内実の冷淡さと
オーセンティックとの
かけあいで

2018　10／12　V

149　ポエジーの転回は

メモリーへの転換機能
あたわずわが胸中
どよめきの羽音の転換か
さておき置換は
らしさは時を失う
エクムネジー（écmnesique）
過去の一時期を現在と感受
失効せず
メタモルフォーゼ
夢まっしぐらが砂丘に
埋葬されＰ波が
相似性の星流となる
人の気配はいつしか
自己損壊への記憶鏡となって
無常の流儀となる
いきな姿が様変わりし
かえって他者の無品格な
商品となって
涙すら止血させられる

2018　10／12　Ⅴ

150　天体に目の瞳時計を

合わせ鏡にすげ替える
夢は置き去りにされた
忘却と感動鈍麻の
衆であろう集合体
これを通し読みにすると
不遜と不実の返却と言う
あだのアタラクシアは
画像を外れたキャンバスのよりどころ
未定の成就ではない
引き潮にコート・ダジュール
行きたし足音と砂影よ

2018　10／17　Ｍｅ

151　夜を伴う星夕べに

君への想いつづる
床しき心根に優しい
口元を見すえる
声はバウムクーヘンの
真中に真空の花飾りを
灯すクレドよフレーゲル川へと
意志意欲と自我に
礼賛のチャンスをケーニヒスベルク
心ゆくまで付与する
位相 Topology

2018　10／17　Ｍｅ

152　意思が意欲に対して

冷淡だって良いじゃないか？
疾走してふんぱつした
エナジーの噴火口は
えぐれはてて
ＣＤのピット数をつっつく
心のヒダをも壊す
円柱のパヴァーヌは
オーケストレーションに
白銀を塗り込む
同心円の街区切り
「亡き王女のためのパヴァーヌ」
こめかみから心の幅が
はみ出してチャックは
消え去り
歯車を狂想曲へと導く迄に
カルカソンヌに「涙のパヴァーヌ」

2018　10／17　Ｍe

153　グノーやマスネに闇ごと移動し

歌声合わせ夜に包み
近代は遡及し
ラモーやルソーのほまれ
「サルヴェ・レジーナ」ペルゴレージや
クープランを回顧展へ
呼び戻す召命は
使者や内省が
口ごと引くだけに
てらいのない照り返し
砂塵を弾くクロノスの抜けがら
音符より狂おしい「ナント」
放物線上に突出した「ノートル・ダム」
あなたの声になりたい
「リゾーム」根無し草「デシネレ」
救済者を最大の最悪の件を
原初に思い浮かべ「黒部ダム」
修復のタイムカプセルを
フィットネス頭上に埋める
えぐり抜かれた「アミアン」
他人による不埒なコントロール
無いよう逃避の頭皮よ
アソシエーションと
イニシエーションをかけた
意匠権は運命論に

2018　10／17　Ｍｅ

154　不敗のコレクター

完璧主義は自他をこわす
破滅の奥底は地底を壊滅させ
自尊を損壊する

不問の主体を降下し
不在の主題をあがめ
目伏せた主は魂の記述

長短の音波をはおる
心の縛りを自己に浸す
プシュケーは強く
アモールは弱光をぬぐ

ぬぐいきれない非道の動者よ
不乱の不実を
未完の不敗と付価された
不信への追加と
自存の余白への最悪よ

2018　12／24　L

155 魂の不在にノエル

一途が哄笑だけで成り立っていない件
百も承知だ…としても能受動の
時配分について最終回を究明している
自身の影♡の立ちを位置と悔悟につく日

つぶやく星の魂
勇気は無謀な
自己発信を迷走し
伴うのは勘違い

今昔の時は分布図があふれ
アフレコは追伸の意味を
焼尽された煙幕に幽閉され
野性色の音色をそえる♡

涙色で笑顔を突いた手
ついえることなき手が痛む
前未来の幕よたどれば

とじることなき不完全燃焼の火
魂の目で
私を見るのは私の目と絵♡

ナルシス・ノワール
命の最終に詩は、はてぬ
機能性と付加価値
との選びとりに瞑想を

2018　12／25　M

156 スズランと前文はローズへ

Saint Étienne ロワール F42 を想う熱情パーカッション
興奮の余り、別の興奮を引き起こしてしまう
冷静を取り戻す忘れじの忘れな草より
遠のいた時間に新たな前提と対処となるよう
画面は斜も写面に潜らせてある
アイリスよ、そこでしじまに私の左手書きとペン
魂めいた心の本を間奏曲の感想と観想へ
同じ時代が周期をまとい私にとって人は皆人の
何者でもない
異をもって勝者となす身心の門
「Les Pensées de Pascal」「Les Provinciales」
フランス語で読み終え
夢想をくみ交わす杯
最期の思い出、末期の光
私は感情に先立つ物は、なかった
真空を感性で充実させ帰結せしめる
制限の充足律よ
一心の不乱な
同音と呼応させる
生誕の発見とへ
へし折る鋭角の誤りへ
差違のさいは投下！
髪はのたうちまわり無謬性の
地球の輪舞を隔絶の血が這う

2019　5／12　D

著者プロフィール

SeReine Junco Kobayashi （セレーヌ ジュンコ コバヤシ）

本名・小林淳子。
京都市出身。
2003年、カトリック河原町教会にて SeReine Junco の名で洗礼をうける。
2004年、日本大学文理学部哲学科卒業。
珠算1級、簿記1級、秘書検定3級、商業事務上級。
日美展レタリング入選、講談社フェーマススクールお花の絵準入選。
池坊華道免状。
実母の京手描き友禅を手伝っていた。
著書に『深層におべっかを』（カギコウ、1991年）、『至純』（サンパウロ宣教センター、2007年）、『夢響』（文芸社、2015年）、『至純』（文芸社、2016年）、『悩める天使の声』（文芸社、2017年）、『私訳 ボードレール「悪の華」より、また、ルクー「3つの詩」』（文芸社、2018年）がある。
京都市在住。

熱情パーカッション

2019年12月5日 初版第1刷発行

著　者　SeReine Junco Kobayashi
発行者　瓜谷 綱延
発行所　株式会社文芸社
　　　　〒160-0022 東京都新宿区新宿1-10-1
　　　　　　　電話 03-5369-3060（代表）
　　　　　　　　　 03-5369-2299（販売）

印刷所　株式会社フクイン

Ⓒ SeReine Junco Kobayashi 2019 Printed in Japan
乱丁本・落丁本はお手数ですが小社販売部宛にお送りください。
送料小社負担にてお取り替えいたします。
本書の一部、あるいは全部を無断で複写・複製・転載・放映、データ配信することは、法律で認められた場合を除き、著作権の侵害となります。
ISBN978-4-286-21123-7